Kazusa Takashima

Lebt auf Hokkaido,
Geburtstag 23. Oktober,
Blutgruppe B
Mag Tiere und Kaffee
Mag kein fettes Fleisch
Ist sehr empfindlich wegen einer
Neigung zu Allergien
War schon als Kind gutmütig
Ist mit der Körpergröße von 1,50m
sehr klein

INHALT

Kapitel 1
Ein Lied beginnt — 3

Kapitel 2 — 47

Letztes Kapitel
Der Schwur für die Ewigkeit — 69

WILD ROCK Special
Innocent Lies — 111

CHILD ROCK Extra — 167

WILD ROCK Extra — 173

Nachwort — 175

WILD ROCK
Kazusa Takashima

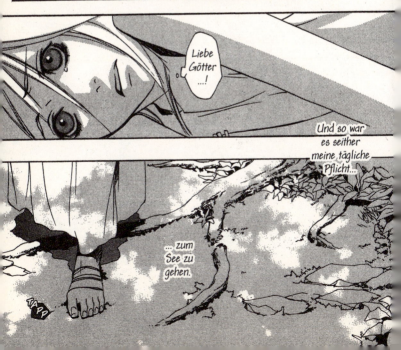

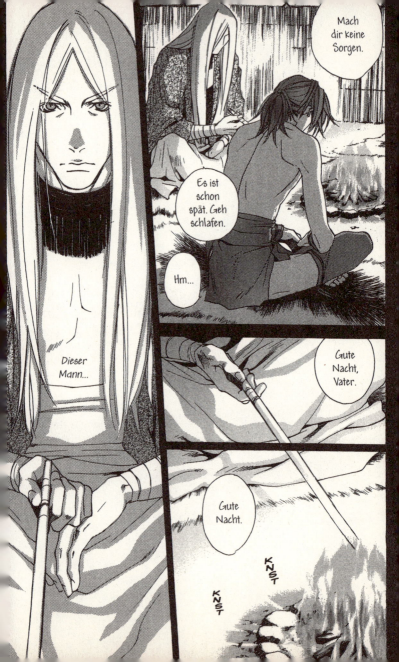

 Erste Skizze von Enba

Pah! »Blume des Versprechens«?!

Diese Blume gibt es doch gar nicht... Oder doch?

Auf diesem unzugänglichen Felsen soll sie blühen? Soll das ein Witz sein...?!

Innocent Lies

Die Vorbereitungen für deine Krönung sind getroffen.

Der Häuptling ruft dich.

Ja. Danke.

Obwohl wir das Versprechen an jenem Tag nicht ausgesprochen haben, wurde es auf diese kleine Blume übertragen und lebt bis heute in meinem Herzen weiter.

Doch die Kinder, die einmal geboren werden, sollen keine Tränen vergießen müssen, sondern immer sie selbst sein können.

TAPP

... sollte bei Tagesanbruch glücklich sein.

Innocent Lies ENDE

Enba als Kind und sein Vater Selem

Guten Tag. Das war das Comic-Debüt von Kazusa Takashima. Vielen Dank, dass ihr »WILD ROCK« gelesen habt. Vor zwei Jahren war ich zum ersten Mal in einem Manga-Laden. Und nun ist mein eigener Comic erschienen... Dass mir in meinem Leben so etwas passiert ist! Das kann ich immer noch nicht richtig glauben.

🐊 Nachdem ich zum ersten Mal in einem Manga-Laden war, wollte ich unbedingt auch Mangas zeichnen. Ich habe dann das gezeichnet, was ich selbst mag und mich total reingestürzt! Ich hatte auch Angst, dass mein Manga mit seiner Thematik nicht so richtig zu den üblichen Magazinen passt, aber das unerwartete Echo hat mich und den zuständigen Redakteur zutiefst überrascht. Vielen Dank!

🐊 Zuerst wollte ich einen Urzeit-Manga zeichnen, der eine Art Comedy mit Urzeitmenschen sein sollte... Aber aus diesem Plan wurde etwas ganz anderes! Obwohl es viele Hindernisse gab, wurde ich auch sehr ermutigt, so dass ich mit Spaß an die Sache gehen konnte. Für die Unterstützung bin ich sehr dankbar.

🐊 Bestimmt habt ihr längst gemerkt, dass die Geschichte »Innocent Lies« in der Jugendzeit der beiden Väter von Enba und Yuen, meinen Hauptfiguren aus »WILD ROCK«, spielt. Yunis Schicksal ist ziemlich hart, und während des Zeichnens dachte ich oft: »Der Arme!«. Aber so ist das eben, da kann man nichts machen... In »WILD ROCK« sind Yuni und Selem schon zwei ältere Herren, aber sie können ja trotzdem noch viele erfüllte Tage miteinander verbringen. Die Produktionszeit dafür war extrem knapp, das war die Hölle, aber es gab ja noch Enba und Yuen. Vielen Dank an die beiden!

🐊 »CHILD ROCK« ist eine Geschichte, die nach »WILD ROCK« spielt. Nawa ist das Kind von Yuens Bruder und Enbas Schwester. Der Bruder ist ganz vernarrt in seinen Sohn. Es wird in der Geschichte nicht erwähnt, dass der Bruder Yuri heißt und die Schwester Ani. Alle führen ein glückliches Leben. Es hat Spaß gemacht, Nawa zu zeichnen (auch wenn der Titel beim verantwortlichen Redakteur nicht auf Begeisterung gestoßen ist...). Applaus! Bravo!

🐊 Als man mir sagte: »Mach doch mal einen Entwurf für einen Comic«, fiel mir als Erstes dieser kleine Witz ein, aus dem schließlich »Wild Rock Extra« entstanden ist. Das ist die traurige Geschichte, in der ein Mann aus Liebe sein Leben aufs Spiel setzt... Faltet die Hände.

🐊 Normalerweise hat man keine Gelegenheit, seine Skizzen zu zeigen, doch ich hatte Glück... Obwohl ich nicht sicher bin, ob sie jemand interessieren. Die Skizze von Enba als Kind mit seinem Vater Selem entstand auf Wunsch des verantwortlichen Redakteurs.

🐊 Zum Schluss noch was ganz anderes: Das Krokodil, das in der Geschichte auftaucht, ist ein Urkrokodil namens »Deinosuchus«. Ein »Deinosuchus« konnte bis zu 15 Meter lang werden. Es sah so ähnlich aus wie ein heutiges Krokodil. Ich fände es cool, wenn es eine Alligatorenart gäbe, die nach mir benannt ist.

Ungefähr so.
Takashima

Normalerweise zeichne ich Manga, indem ich mich langsam vorantaste. Mir sind die beiden Prinzipien »Ich will selber Spaß dabei haben« und »Ich möchte, dass die Leser Spaß haben« bei der Entstehung eines Werkes wichtig. Ich gebe mir sehr viel Mühe, damit alle meine Leser zufrieden sind und mich weiterhin unterstützen. Ein dickes Dankeschön an alle meine Leser!

Ein dickes Dankeschön an alle mitwirkenden Zeichner:

Miyuki Kurosawa

Sentoku

Takahashi

Shitomi Makage

CARLSEN COMICS
1 2 3 4   08 07 06 05
Deutsche Ausgabe/German Edition
© Carlsen Verlag GmbH · Hamburg 2005
Aus dem Japanischen von Dagmar Seidel
WILD ROCK
Copyright © KAZUSA TAKASHIMA 2002
All rights reserved.
Originally published in Japan in 2002 by BIBLOS Co., Ltd.
German translation rights arranged with BIBLOS Co., Ltd.
through TOHAN CORPORATION, Tokyo.
Redaktion: Heike Drescher, Petra Lohmann
Lettering: Claudia Jerusalem-Groenewald
Herstellung: Inga Bünning
Druck und buchbinderische Verarbeitung:
Nørhaven Paperback A/s (Viborg, Dänemark)
Alle deutschen Rechte vorbehalten
13 ISBN: 3-551-78192-5
10 ISBN: 3-551-78192-3
Printed in Denmark
www.carlsencomics.de

HALT!

Dieser Comic beginnt nicht auf dieser Seite. **WILD ROCK** ist ein japanischer Comic. Da in Japan von »hinten« nach »vorne« gelesen wird und von rechts nach links, müsst ihr auch diesen Comic auf der anderen Seite aufschlagen und von »hinten« nach »vorne« blättern. Auch die Bilder und Sprechblasen werden von rechts oben nach links unten gelesen, so wie es die Grafik hier zeigt. Schwer? Zuerst ungewohnt, doch es bringt richtig Spaß.

Probiert es aus!